Für Sarah und Lore

Ivan Gantschev

Mascha

PATMOS

Am Ende der Allee, wo die Wiesen beginnen und der kleine
Bach fließt, wohnt Mascha im Haus Nr. 5. Mascha hat große,
leuchtende Augen und ein schönes, glänzendes Fell, weil sie sich
immer putzt! Mascha mag es, wenn sie hübsch aussieht.

Früh am Morgen wacht Mascha auf. Dann frühstückt sie in der
Küche und spielt ein bisschen – so lange, bis jemand kommt und
sie streichelt.
„Mascha-Kätzchen, mein Schätzchen", sagt die Frau dann
immer und streicht Mascha sanft über den Rücken.

Davon wird Mascha wieder schläfrig und sie sucht sich
ein ruhiges Plätzchen. Das Haus ist groß. Neun Betten
hat sie zur Auswahl. Und sie schläft weiter
tief bis in den späten Nachmittag.

Nach dem Abendessen will Mascha frische Luft.
„Lauf nicht so weit weg und pass auf dich auf,
wenn du den Jagdhund triffst", sagt die Frau.
„Miau", antwortet Mascha und huscht lautlos fort.

Eine Weile bleibt sie am Bach. Die Grillen zirpen ihr Abend-
konzert und die Frösche quaken. Mascha spürt den Wind.
Sie sieht, wie er mit den Gräsern spielt.

Mascha hascht nach den Nachtfaltern und jagt aus Spaß den Bienen hinterher, die dick von Blütenstaub nach Hause summen. Langsam geht der Tag zu Ende.

Hinter der Wiese beginnt der große, dichte Wald. Wenn die Sonne hinter den letzten Baumwipfeln untergegangen ist, erscheinen in der Dämmerung die Leuchtkäferchen. Mascha liebt diesen Moment. Die Leuchtkäferchen sehen aus wie kleine schwebende Sterne, die den Himmel ganz nah zur Erde bringen.

An diesem Abend traut sich Mascha tiefer in den Wald als sonst. Von überall hört sie geheimnisvolle Geräusche.
Plötzlich bleibt sie wie erstarrt unter einem Baum stehen. Zwischen den Ästen sitzt der Schatten einer Katze mit weit geöffneten, glühenden Augen.

Nach ihrem Schreck flüstert sie leise: „Du hast aber schöne
Augen, Katze. So schöne Augen würde ich auch gerne haben."
„Unsinn", antwortet der Schatten. „Ich bin eine Eule! Aber
so schöne Augen wie ich kannst du auch bekommen!"
„Wie denn?", fragt Mascha hoffnungsvoll.

„Ganz einfach", sagt die Eule, „du musst nur hoch klettern
und dich auf diesen dicken Ast setzen. Aber du darfst dich nicht
bewegen und auch die Augen nicht schließen. Drei ganze
Nächte lang. So wie ich es jede Nacht tue."
Damit fliegt die Eule in die Dunkelheit.

Mascha denkt an die schönen Augen
und tut, wie die Eule ihr geraten hat.
Die erste Stunde vergeht, auch die zweite ...
Da sieht sie ihren Freund, den Hasen, nach
Hause hoppeln. Wie gern würde sie jetzt
mit ihm spielen, aber – sie darf sich doch
nicht rühren! Weg ist er – ohne sie zu
sehen.

Es wird ganz still im Wald. Nur ein Mäuschen raschelt.
Später spricht ein Vogel im Traum. Dann wieder Stille.
Sie dauert lange – diese dunkle Nacht.

Mascha friert. Ein kühler Morgenwind hat den Mond
weggeschoben. Als endlich die Lerche den Sonnenaufgang
besingt, klettert Mascha den Baum hinunter.

Das war eine elende Nacht!
Müde und hungrig denkt sie daran,
dass sie noch zwei solcher steifen,
kalten Nächte aushalten muss, um
schöne Augen zu bekommen.
Am Bach will Mascha trinken.
Als sie sich über das ruhig vorüber-
ziehende Wasser beugt, schaut sie
verwundert hinein.

„Bin ich das etwa?", fragt sich ihr
Spiegelbild. „Natürlich bin ich das!
Im Wasser leben ja keine Katzen."
Lange schaut sie sich an.
Ihr Spiegelbild schaut zurück.
„Sind das meine Augen? Meine
eigenen Augen?", sagt sie.
„Die sind ja bald so schön wie die
Augen der Eule. Vielleicht genau
so schön. Oder sogar noch schöner?
Egal. Es sind meine Augen!"

Die Frau wartet schon auf sie mit einem saftigen Frühstück.
„Mascha-Kätzchen, mein Schätzchen", sagt sie und
streichelt ihr den Rücken.
„Was für ein samtweiches Fell du hast – und so schöne,
große, leuchtende Augen!"
Mascha schnurrt.

Die Deutsche Bibliothek – CIP-Einheitsaufnahme

Gantschev, Ivan:
Mascha / Ivan Gantschev. - Düsseldorf : Patmos, 1999
ISBN 3-491-79522-2

© 1999 Patmos Verlag, Düsseldorf
1. Auflage 1999
Reproduktion: Fotoriproduzioni Grafiche, Verona
Druck und Verarbeitung: MA-TISK, Maribor, Slovenien
ISBN 3-491-79522-2